www.tredition.de

AF203053

Riccardo Rilli

Bürofabeln

www.tredition.de

© 2020 Riccardo Rilli
Umschlag, Illustration: Richard Götz
Lektorat, Korrektorat: Richard Götz

Verlag & Druck: tredition GmbH, Halenreie 40-44, 22359 Hamburg

ISBN
Paperback   978-3-347-00664-5
Hardcover   978-3-347-00665-2
e-Book   978-3-347-00666-9

Inhaltsverzeichnis

Prolog

Einsam sitz' ich hier und dichte,
über Sirenen, Trolle, Wichte;
es erscheint in neuem Lichte,
das Büro in manch' Geschichte!

Ob Perchta oder salige Frau,
über alle ich die Reime bau';
sind manche einfach, manche schlau,
auf Euer Urteil ich vertrau'!

Würd' ehren mich, wenn Ihr noch heut'
Euch über die Gedichte freut;
und auch wenn Ihr sie lest erneut,
Ihr dann das Lesen nicht bereut!

Der Golem

Es ist seit Jahren schon der Brauch,
dass auf der Parkbank hier ich sitz',
und neben mir, da sitz' ich auch,
so blöd es klingt, das ist kein Witz.

Wie's dazu kam, will ich erzählen:
Bin im Büro, wie immerzu,
da ist was Seltsames geschehen,
und schnell vorbei war's mit der Ruh.

Dazu muss man vielleicht sagen,
dass meine Arbeit ist nicht schwer.
Das gilt wohl an allen Tagen,
nur selten stress' ich mich daher.

Ich denke also vor mich hin,
als Wind ein Stück Papier her weht.
Erkenne der Beschriftung Sinn,
denn auf dem Zettel, auf dem steht:

„Willst den Golem Du erschaffen,

baust Du ihn auf, aus gutem Lehm;

in den Mund den Zettel machen,

so bringst Du ihn dann zum Gehen."

Dann standen da gar fremde Zeichen,

Formeln, seltsam, irre und verdreht.

Musst' in die Bibliothek mich schleichen,

um zu erfahr'n, um was es geht.

Ich hab' es herausgefunden,

und meinen Wissensdurst gestillt.

Hab' mich sogleich dann überwunden,

und erschuf aus Lehm mein Ebenbild.

Von Arbeit war ich nun befreit,

ich schickte Golem ins Büro.

Für mich begann die schöne Zeit,

mit Parkbank, Büchern und Bistro.

Jetzt sitzt er hier so neben mir,

mittlerweile in Pension;

wir seh'n gleich aus und trinken Bier,

doch eines wundert mich dann schon:

Hat zwanzig Jahr für mich gewerkt,

mit Arbeit sicher dann und wann,

und doch hat's niemand je bemerkt,

dass Golem gar nicht reden kann.

Die Sirene

Mein Kollege stürmt ins Zimmer,
so beherzt ist er nicht immer.
Will mir eine G'schicht erzählen,
denn er will sich bald vermählen.

Ich frag': „Wie kommt denn das zustand',
dass sich Dein Herz ans Mädchen band?
Warst immer schon ein Junggesell',
und jetzt geht alles wirklich schnell."

Die Neue kam in die Abteilung;
er nahm auf gleich seine Peilung.
Sie lockte ihn mit Charme und Witz;
die Liebe traf ihn wie ein Blitz.

Sie war auch schön anzusehen,
es war schwer, zu widerstehen.
Schlank die Gestalt und gold'nes Haar.
Sie war einfach wunderbar.

Er begann, sich anzupreisen,

was sollt' sich als gut erweisen.

Es dauerte nur einen Tag,

bis sie in seinen Armen lag.

Von da an kam er nicht mehr los;

die Sucht nach ihr, die war sehr groß.

Dann sagt sie noch, dass sie ihn mag;

schon dacht' er an den Hochzeitstag.

Zwei Monat' ist das nun schon her.

Daran zu denken, fällt mir schwer.

Denn die Geschicht' macht eine Wende,

und sie nimmt kein gutes Ende.

Kurz vor der Hochzeit, welch ein Graus,

ist es mit seinem Leben aus.

Man sagt, dass es ein Unfall war.

So stellt es sich den Leuten dar.

Sei in der Küche ausgerutscht,

das Messer in ihn reingeflutscht,

von der Spüle rein ins Herz,

blöder Zufall und kein Scherz.

Will der Witwe Beileid kunden,

bis sie die Trauer überwunden.

Drum geh' ich zu dem Zimmer hin,

und staune sehr, kaum bin ich drin.

Da sitzt sie und ist wunderschön,

doch pfeift sie, das ist fast obszön,

das Lied von Mackie Messer,

wie ich's nicht könnte besser.

Wie ist's ihr so rasch nur möglich,

dass sie wieder pfeift so fröhlich?

Will schon sagen, dass es mich stört,

da hat mich schon der Klang betört.

Da steh' ich nun in aller Ruh',

und höre ihrem Singen zu.

Während des Zuhör'ns irgendwann,

da zieht sie mich in ihren Bann.

Nach dem Besuch gehen wir essen;

Trauern ist recht schnell vergessen.

Für mich ist's eine schöne Zeit,

doch bin ich nicht zu mehr bereit.

Sie fragt, und das find ich nicht schlau,

ob ich sie nehme mir zur Frau;

und dass nach einem Monat schon,

in ihrer Trauersituation.

Ich bin hin und her gerissen,

hab' bei ihr fast angebissen,

wär' beinah bei ihr geblieben,

hätt' sie es nicht übertrieben.

Je mehr ich gehe auf Distanz,

aus Mangel meiner Akzeptanz,

für eine solche schnelle Ehe,

wenngleich schon ich auf sie stehe,

desto näher will sie kommen,

doch ich bleibe stets besonnen,

und halte sie noch weiter hin.

Nach Heirat steht mir nicht der Sinn.

Erst kann sie damit nicht leben,

will mir alles von sich geben.

Dann wird sie traurig nach und nach,

weil mein „Nein" das Herz ihr brach.

Während dieses Spiel wir spielen,

stets beobachtet von vielen,

geben die Leut' ihr'n Senf dazu:

„Das nächste Opfer, das bist Du!"

Am Anfang da versteh' ich's nicht,
warum, wovon man mit mir spricht.
Einer mir sagt: „Nimm Dich in Acht,
und lern', was die Sirene macht!

Die Fabelwesen locken Dich,
zeigen von bester Seite sich.
Gibst Du ihr nach, bist Du in Not,
denn kurz darauf bist Du dann tot."

So ein Blödsinn, kann's nicht glauben.
Sie soll mir mein Leben rauben?
Doch ich hab' nichts zu verlieren,
und beginn zu recherchieren:

Vier Freunde hatte sie bisher,
vielleicht früher gar noch mehr.
Was aus ihnen ist geworden?
Alle vier sind bald verstorben.

Diese Nachricht lässt mich denken:
„Will mein Herz ihr nicht mehr schenken."
Drum lehn' ich all ihr Werben ab.
Sirenen brächte das ins Grab.

Sie wird darauf gar furchtbar traurig,
manchmal wirkt es wirklich schaurig.
Nur kurze Zeit versucht sie's noch.
Geb' ihr keine Chance jedoch.

Zwei Wochen ich sie nicht mehr sah;
kamen uns bewusst nicht nah.
Sie hat sich zurückgezogen.
Sorgte so für glatte Wogen.

Da flattert heut' die Post herein,
und was ich les', das kann nicht sein.
Ich bin kurz völlig benommen,
sie ist gestern umgekommen.

Die schreiben, sie sprang in den Fluss,
und machte mit dem Leben Schluss.
War's meine Schuld, dass es so kam?
Dank mir sie sich die Zukunft nahm?

Mein Verhalten ich bedauer',
jetzt trag' ich die Farb' der Trauer.
Seh' in mir den Schuldigen,
darum will ich ihr huldigen.

Zum Fluss deswegen geh' ich hin,
wo ich ihr ganz nahe bin.
Einen Felsen ich dort sehe,
gleich beim Ufer, wo ich stehe.

Der Grund, warum ich's glaube nämlich,
der Fels ist in Gestalt ihr ähnlich.
Wie ihr Haar schimmert er golden,
darum werde ich ihr folgen.

Anguana

Die Schönheit, die war ihr gegeben,

die Haare blond, ein Gang wie schweben.

Sollt' unser Schicksal sich verweben,

eine Beziehung ich anstreben,

musst' ich mir was überlegen!

Also war es mein Bestreben,

ihre Wünsche zu erheben,

und ihr was sie will zu geben.

Kurz danach, ich durft's erleben,

da gab sie mir ihren Segen!

Doch eine Pflicht war beigegeben:

Um schöne Zeiten zu verleben,

war's nicht erlaubt, sich hinzugeben,

sich Seit' an Seit' ins Bett zu legen.

Freud' und Glück darf ich durchleben,

und ich bin ihr sehr ergeben.

Doch manchmal, ich muss es zugeben,

da will ich mehr von uns'rem Leben,

als nur des Nachtens immer reden!

„Doch das geht nicht", sagt sie, wegen

dem genannten Fluch sei's eben,

dass dem wir dürfen nicht nachgeben.

„Die Beziehung würd's beleben,

schliefst Du nicht mehr nur daneben",

sag' ich mit aufgeregtem Beben.

„Den Fluch können wir nicht aufheben,

und sollten wir nach mehr noch streben,

wird man uns das nicht vergeben,

und Du wirst nicht überleben!"

Doch kann ich's einfach nicht aufgeben,

also tut es sich begeben,

dass unsre Leiber sich verstreben,

und sich nebeneinander regen,

die Körper aneinanderkleben.

Nun ist's geschehen hier soeben,

was ich wollt' mit ihr erstreben.

Doch deshalb wird sie nicht aufleben,

denn sie kann mir nicht vergeben:

„Ich bring' Glück, tut man mich pflegen,

doch mir ein Fluch ist mitgegeben,

von dort, wo drunt' die Feuer fegen:

Wenn Unschuld ich muss einst hergeben,

sie aus der Hölle sich erheben,

und sich zur Straf' zu Dir begeben,

um die Sünde zu beheben.

Qualen musst Du jetzt durchleben,

Unglück folgt und nicht mehr Segen;

Erlösung nur durch Dein Ableben!"

  So seh' dem Schicksal ich entgegen.

Werd' mich dem gefasst ergeben,

denn man zahlt den Preis im Leben,

für sein Verlangen und Bestreben.

  Leider war bei mir zugegen

ein Dämon, wie Anguana eben,

um ihren Namen anzugeben.

  Drum rate ich all'n und jeden,

sich es gut zu überlegen,

wen man soll die Liebe geben,

denn man will ja überleben!

Bürozombie

Kurze Rede: Mein Kollege
grinst mich furchtbar blöde an;
tote Augen, Sabber saugen,
weiße Haut wie Sauerrahm.

Gelbe Zähne, blaue Vene,
scheinbar völlig leeres Hirn;
wirkt Brutal, also normal,
bis auf Pusteln auf der Stirn.

Stumpfsinn sagend, Tonfall klagend,
vom Bösen er besessen;
schaudert mich, denk ich,
auf rohes Fleisch versessen.

Im Kino Mist, doch heute ist
ein Zombie hier im Zimmer;
wirklich echt, richtig schlecht,
und meine Angst wird schlimmer.

Arme streckend, Körper reckend,

steht er auf und wankt zu mir;

Schritte lang, wackelnder Gang,

die Beherrschung ich verlier'.

Monster brummend, Ohren summend,

gleich vor mir baut es sich auf;

steht gerade, ohne Gnade,

doch ich seh' bevor ich lauf

einige Dinge: Dunkle Ringe,

rote Augen, übernächtig;

Lippen dehnen, großes Gähnen,

Akne blüht grad ziemlich mächtig.

Mich geirrt, war verwirrt,

tot ist mein Kollege nie;

wenig brav, spärlich Schlaf,

ist nur ein Bürozombie.

Der Aufhocker

Jeden Tag komm' ich zur Arbeit,

und es macht mir wirklich Spaß.

Ohne Scherz, es ist die Wahrheit.

Freud' am Tun, für manche krass.

Doch tu' ich gerne Akten tragen,

kann mich nicht und nie beklagen;

keine Angst vor dem Versagen.

Mach' meine Sachen schnell und gut,

der Chef ist sehr zufrieden.

Zeig' bei der Arbeit Kraft und Mut,

mein Auftritt ist entschieden.

Alle sagen, sie seien stolz,

geschnitzt sei ich aus gutem Holz,

doch mach' ich einfach, was ihr wollts.

Ich bin nun nicht mehr frohgemut,
wird die Arbeit einfach mehr?
Ich spür' die Last, die auf mir ruht,
auf dem Rücken, ach so schwer.
Obwohl mir jede Arbeit glückt,
geh' ich durch den Schmerz gebückt,
das macht mich schon sehr lang verrückt.

An der Arbeit kann's nicht liegen,
mach' ich sie doch viel zu gern.
Schwierig ist es, Luft zu kriegen;
Jammern liegt mir trotzdem fern.
Doch Druck spür' ich auf meiner Brust,
der wegnimmt mir die Arbeitslust,
und hinterlässt den großen Frust.

Jetzt ist es schon zwei Monat' her;
von der Last der Rücken rund,
das Atmen fällt besonders schwer;
kenn' noch immer nicht den Grund.

So lieg' ich hier in dieser Nacht,

eine von vielen ich gewacht,

und hab' mit Denken sie verbracht.

Es muss hier eine Lösung geben,

der Zustand muss jetzt enden.

Ich werde nach der Antwort streben,

will Zeit nicht mehr verschwenden.

Die Lust auf Klärung wird mich wecken,

nicht länger mich das Schicksal necken,

doch vor dem Spiegel dann der Schrecken:

Im Spiegelbild seh' ich den Wicht,

ein dunkles Fabelwesen;

mir scheint, ich kenne das Gesicht,

ist es der Grund gewesen?

Dachte mir, ich war besoffen,

und hätt' den Kerl nie getroffen,

doch auf Schnaps sollt' ich nicht hoffen.

Der Kobold, er ist wirklich da,

und hängt auf meinem Rücken.

Ihn loszuwerden ganz und gar,

muss mir jetzt sehr bald glücken.

Hat mich damals angesprochen,

ist am Rücken mir gekrochen;

was hab' ich denn nur verbrochen?

Zierlich noch beim ersten Sehen,

ich erinnre mich genau,

wollt' er störrisch mit mir gehen,

und überredete mich schlau.

Da wuchs sein Körper ziemlich schnell,

die Arme, Beine und das Fell,

gefolgt von einem Blitz so grell.

Ich war geblendet, schwer verwirrt,

nahm das Erlebte locker.

Dachte, ich hätte mich geirrt,

kannte keinen „Aufhocker".

Wehrte mich nicht gegen das Vieh.
Stolz und aufrecht: „Erwischst mich nie!"
Besiegt jetzt und gebeugt, welch Ironie.

Es zieht mich immer weiter runter,
macht sich unerträglich schwer.
Wächst beständig mit mir drunter;
ich werfe mich erzürnt umher.
Kämpf gegen diesen Kobold an,
renn' an die Wand, tu' was ich kann,
ich werd' ihn los, doch weiß nicht, wann.

Nach schier endlos langen Kämpfen,
teils mit List, teils rigoros,
muss ich mein Bestreben dämpfen,
denn ich komm nicht von ihm los.
Mit Gewalt ist's nicht zu schaffen,
nicht mit irgendwelchen Waffen.
Vielleicht helfen mir die Pfaffen?

In der Kirche sucht man Gründe.

Man kennt den Übeltäter schon:

Des Übels Wurzel sei wohl Sünde

von der leidenden Person.

Doch ich behaupt' mit stolzer Brust:

„Ich bin keiner Untat mir bewusst!"

So bleiben Kobold und der Frust.

Das alles hat mir nichts gebracht.

War auf Arbeit nachher noch.

Hab' nur an mein Problem gedacht.

Emotional ein tiefes Loch.

Jetzt tiefer ich darin versinke,

im Kummer nun vollends ertrinke,

und immer mehr dem Tode winke.

Doch wie sich mein Gemüt erschwert,

so steigt die Last am Rücken.

Was mir doch einiges erklärt,

zum wahrlichen Entzücken:

Muss nur einfach fröhlich werden,

schon gibt's keinen Grund zum Sterben,

und ich bleibe hier auf Erden.

Soll aufhören zu sündigen,

doch das nicht die Lösung ist.

Viel besser ist's zu kündigen,

weil man Stress dann schnell vergisst.

So bin ich diesmal ganz spontan,

schon ist die Kündigung getan,

ich hoff', ich hab' mich nicht vertan.

Beim Heimgehen aber spür' ich schon,

es fällt um vieles leichter.

Der Kobold lief ganz schnell davon;

weg sind die bösen Geister.

Jetzt die Moral von der Geschicht':

Willst du am Rücken keinen Wicht,

dann überarbeite dich nicht.

Der Dämon

Dreh' das Licht ich mit dem Dimmer,

etwas dunkler in dem Zimmer,

sieht man einen leichten Schimmer.

Ist ein Geist, zeigt mit dem Finger.

Meinen Sie, ich bin ein Spinner?

Ich glaube, es ist viel schlimmer!

Kommt der Teufel mit Geflimmer,

sitz' ich bei Tische mit Gewimmer!

Deshalb geh' ich fort zum Dinner,

so bin ich jetzt der Gewinner,

denn den Dämon seh' ich nimmer.

Doch dunkel, hell, ihn gibt es immer.

Der Poltergeist

Ich kann einfach den Grund nicht finden,
warum die Sachen hier verschwinden,
die sich im Büro befinden.

Es macht mir die Arbeit schwer,
find ich den Schreibtisch morgens leer.
Wo sind die Akten bitte sehr?

Doch nicht nur Dienstliches ist weg:
Wo einst Kaffee, ist jetzt ein Fleck,
und es fehlt auch das Besteck.

Neulich da hab' ich erfahren,
dass ein Kollege hier vor Jahren,
wurd' vom Auto überfahren.

Der Mann in diesem Zimmer saß,
wie ich in alten Plänen las,
doch tot man ihn ganz schnell vergaß.

Jemand vergessen, sag' ich dreist,
bedeutet für den Toten meist,
dass er wiederkommt als Geist.

Die Dinge ER demnach versteckt,
und offenbar damit bezweckt,
dass die Erinn'rung wird geweckt.

Was er will, das kann er haben.
Ich möchte mich mit ihm vertragen,
und folgenden Versuch jetzt wagen:

Stell' auf von ihm ein schönes Bild,
darunter ein Erinn'rungsschild,
und hoff', sein Leid ist nun gestillt.

Die Sachen bleiben hier forthin!
Für mich ist's Bild ein Hauptgewinn,
der Poltergeist, er ist dahin!

Der Fenoderee

Einst ein Mann mir hat geholfen,
so groß wie ich, doch furchtbar stark.
Geistig zwar recht unbeholfen,
doch im Nehmen war er hart.

Zuständig für schwere Sachen,
wie zum Beispiel Möbel tragen.
Er konnte das alles machen,
musst's ihm nur verständlich sagen.

Er war mir Hilfe im Büro,
grüßte mich schon aus der Ferne.
Ihn and're nannten Risiko,
ich jedoch mochte ihn gerne.

Und weil er wirklich fleißig war,
gab ich ihm stets Geschenke.
Er fand sie einfach wunderbar,
die kleinen Glücksmomente.

Dann ist etwas vorgefallen:
Er wurde schamlos ausgetrickst.
Die Geschicht' hört man von allen:
Die Börse hat man ihm stibitzt!

Damit war weg sein ganzes Geld!
Er war traurig und beklommen.
Der Dieb dacht' noch, er wär' ein Held,
und wollt' Lob dafür bekommen!

Nie und nimmer hätt' er's g'wusst,
wer hatte Schuld an dieser Tat.
Es wurde ihm erst dann bewusst,
als ihm der Dieb es selbst gesagt!

Dies war der Frechheit wohl zu viel.
Er dachte – was für ihn recht schlau:
„Ich bin das Opfer in dem Spiel!
Mal seh'n, ob ich den Dieb verhau'!"

Laut hätt' er's nicht sagen sollen,

denn zwei Tag' später, sonderbar,

war der Dieb plötzlich verschollen,

und alle dachten, dass er's war.

Die Woche d'rauf hat man ihn g'funden;

die Leiche war recht deformiert.

Alle meinten unumwunden:

„Den Trottel hat's nach Rache giert!"

Ich glaubte nicht an seine Schuld.

Nein, bedank"mich gar persönlich,

bei ihm für Arbeit und Geduld,

in `ner Rede recht versöhnlich.

Die Reaktion, die war mir klar.

Der Protest stand in Sekunden.

Ihn lynchen wollten sie sogar,

doch er war bereits verschwunden.

Nie mehr hab' ich ihn gesehen,

keiner wusste, wo er war.

Doch ich konnte ihn verstehen,

und tu es noch, nach einem Jahr.

Warum denk' ich grad' jetzt daran?

Weil ich neulich hab' gelesen,

dass vieles einfach echt sein kann,

auch so manches Fabelwesen.

Aus Irland las ich eine Sage,

die einen Kobold dort beschrieb.

Da kam auf die eine Frage:

Hatten wir ihn im Betrieb?

Ein Kobold wie ein Mensch so groß,

nur um einiges er stärker;

im Kopf da ist bei ihm nichts los,

doch er ist ein guter Werker.

Wenn man ihn austrickst, merkt er's kaum,

doch wenn er draufkommt irgendwann,

kann man ihn halten schwer im Zaum,

was durchaus tödlich enden kann.

Kleine Geschenke liebt er sehr,

ein Dankeschön beleidigt ihn.

Der Rückschluss ist jetzt nicht mehr schwer;

ich glaub', sie können ihn jetzt zieh'n.

War unter uns geheim ein Geist?

Und hat er den Dieb erschlagen?

Die Leute leugnen sowas meist.

Leider kann ich ihn nicht fragen.

Egal, ob damals er's gewesen,

ob er war schuldig, oder nicht,

er war ein besond'res Wesen,

und ich bin dankbar diesem Wicht.

Ausgestorben

Ich streife durch die Gänge,

und treffe einfach niemand an.

Es gibt hier Menschen dann und wann,

im Lauf des Tages Länge.

Doch heute ist es ausgestorben.

Oft sehe ich sie stehen,

mit Kollegen diskutieren,

mit der Meinung sich blamieren,

bevor sie wieder gehen.

Doch heute ist es ausgestorben.

Was mag hier wohl passiert sein,

dass niemand hier zugegen ist,

niemand irgendwem vermisst?

Ich bin heute ganz allein.

Denn heute ist es ausgestorben.

Gehe zu des Chefs Büro,

möcht' ihm viele Fragen fragen,

vieles gerne selber sagen,

und erfahren das Wieso.

Denn heute ist es ausgestorben.

Klopfe fest an seine Tür,

doch das Zimmer ist verschlossen.

Gestern hätt' ich das genossen,

heut' steht aber nichts dafür.

Weil heute ist es ausgestorben.

Bin ich alleine auf der Welt?

Der letzte, der hier noch verweilt?

Kein Mensch mehr, der das Dasein teilt?

Einsam unterm Himmelszelt?

Weil heute ist es ausgestorben.

Ein Gedanke und ich lach';

des Rätsels Lösung fällt mir ein.

Ich bin also nicht allein.

Die Antwort ist so einfach:

Heute ist Freitagnachmittag.

Der Homunkulus

I – Was ich bin.

Bin nicht künstlich und entstanden,
durch Paracelsus' Alchemie,
wo sich Spermien verbanden,
mit Pferdemist; so war es nie!

Kein Hamerling'sches Wesen,
beschrieben schrumpelig und klein,
wenn Ihr habt die G'schicht' gelesen,
das war ich nie, und will's nicht sein.

Im Glaskolben wuchs es bei Faust,
in Goethes Werk, dem zweiten Teil.
In der Phiole er dort haust;
auch ich an einem Ort verweil'.

Künstliche Menschen, Höllenbrut!
Eines bereitet mir Verdruss:
Obwohl ich nicht aus Fleisch und Blut,
nennt man auch mich „Homunkulus"!

Ich bin der, der Bilder sieht,
die das Auge zu mir schickt.
Der, der mitkriegt, was geschieht,
und zu Inhalten verquickt.

Ohne mich nimmst Du nichts wahr,
ohne mich wird nichts bewusst!
Vielleicht erscheint's Dir sonderbar,
dass Du von mir hast nichts gewusst.

Ich sitz' im Bewusstseinszimmer,
hinterm Gesicht, in Deinem Kopf.
Ich schaue auf das Bildgeflimmer,
und werfe es in einen Topf.

Daraus erschaffe ich Ideen,

die ich wiederholt betrachte,

bis ich lasse Dich sie sehen,

und auf die Umsetzung ich achte.

Fragst Du mich: „Wer sitzt in Dir und

nimmt Dein inneres Bild wahr?"

Dann tu' ich Dir jetzt eines kund:

Bin Geist, nicht Körper, alles klar?

II – Was ich sehe.

So sitz' ich hier und werte aus,

was mir Deine Augen zeigen.

Oft ist mir dies ein wahrer Graus,

und ich möchte nicht mehr bleiben.

Ich sehe:

Kollegen beim Shopping,

Deine Chefs beim Mobbing.

Alles immer nur express,

Arbeit bringt immensen Stress.

Zwischenrufe unterbrechen,

jemand will Dich immer sprechen.

Immer kommt noch mehr dazu!

Wann findet man noch seine Ruh'?

Ich sehe:

Von Arbeit bis Du überlastet;

Lob an den, der nicht ausrastet.

Dafür erkennt man bei Dir schon,

den Beginn der Depression.

Bist unwirsch, grimmig, mürrisch, harsch,

wählst Deine Worte ziemlich barsch.

Bestürzt ist die Kollegenschaft,

was Dich tatsächlich einsam macht.

Ich sehe:

Stets Dein Zustand wird noch schlimmer.

Das vertragen viele nimmer.

Es ist das Übelste daran,

dass die Frau es auch nicht kann.

Daraufhin verlässt sie Dich;

sie sagt, sie brauche Zeit für sich.

Bist isoliert jetzt im Büro.

Zuhaus' alleine sowieso.

Ich sehe:

Du beginnst sehr viel zu trinken;

ohne Waschen wirst Du stinken.

Du still entgleitest mir, oh weh!

Obwohl ich immer zu Dir steh'.

Ich verarbeit' das Gescheh'ne,

und nach Lösung ich mich sehne,

doch verlier' ich meinen Einfluss,

der zu Deinem Wohle sein muss!

Ich sehe:

Ich verzichte auf die Tarnung,

um zu senden eine Warnung.

Du hörst mich jetzt in Deinem Kopf;

doch verstehst es nicht, Du armer Tropf!

Weil Dich verlassen hat das Glück,

denkst Du, Du wärest jetzt verrückt!

Zu sprechen war die falsche Wahl;

hiernach schmeckt die Entscheidung schal.

Ich sehe:

Zum Weitertrinken sie Dich bringen,

im Kopf, die neuen, fremden Stimmen.

Drum fährst Du weit'res Trinken holen,

und rast, als hättest Du gestohlen.

Die Fahrt endet mit einem Knall.

Ich hör' ihn immer noch als Hall.

Das Unglück hat nicht aufgehört,

und hat den Wagen ganz zerstört.

Ich sehe:

Ein Glück, dass Du nicht bist verletzt,

und nur das Blech ist schwer zerfetzt.

Das mindert nicht den Alkohol,

denn nur im Suff fühlst Du Dich wohl.

Zur Arbeit, da fehlt Dir der Wille,

hast dafür zu viel Promille.

Deshalb verwundert es nicht groß:

Deinen Job bist Du jetzt los!

Ich sehe:

Was geht mit Verlust einher?

Die Taschen kurz darauf sind leer.

Für Miete nicht, für Alkohol,

braucht man das Geld, deshalb: „Zum Wohl!"

Langsam wird mir richtig bange,

denn jetzt dauert es nicht lange,

dann musst Du aus der Wohnung raus,

und hast sodann auch kein Zuhaus'!

Ich sehe:

Gram und Pein in großem Maße.

Sehe Dich in unsrer Straße,

in einer dunklen Ecke hocken;

nichts mehr übrig zu verbocken.

Niemand wird es je berühren,

keiner wird je Mitleid spüren.

Im Büro die ganzen Knilche,

und auch ich, wir war'n nie Hilfe!

Wie mich Dein Leidensweg betrübt.

Sorge mich, wenn ich Dich sehe.

Was ich getan, hat nicht genügt!

Ist es besser, wenn ich gehe?

III – Wenn Ich gehe.

Wenn ich geh' kannst Du vergessen,

was bis hierhin mit Dir geschah,

was zuvor Du hast besessen:

Alles was ist und einmal war.

Geh' aus dem Bewusstseinszimmer,
überlasse Dich dem reinen Sein.
Nicht für jetzt, es ist für immer,
dass ab sofort Du bist allein.

Perfekt war unsre Harmonie,
Dein Körper, Wissen und mein Geist.
Ich überlass' Dich nun der Agonie;
selbst ich empfinde das als dreist.

Ich muss meine Schlüsse ziehen,
aus allem was mir wird gewahr.
Kann nicht vor den Fakten fliehen.
Ich hoffe nur, das ist Dir klar.

Für Dich wird's schlimmer Tag für Tag.
Den Umstand ich nicht länger duld'.
Ich gebe zu, ich hab' versagt,
und daran trifft Dich keine Schuld.

Kaum ich aus dem Kopf geschritten,

bleibst harmlos wimmernd Du zurück.

Der konkreten Welt entglitten,

kriegst nichts mehr mit, zu Deinem Glück.

Keine Hoffnung, Freude, Trauer,

gibt kein Gefühl, das Du noch spürst.

Es umfasst mich kalter Schauer,

da plötzlich Du Dich nicht mehr rührst.

Eine neue Seele muss ich suchen.

Weiß bald, wo ich sie finden kann:

Deine Frau werd' ich besuchen,

wo neues Leben schon begann.

Es war Dir damals nicht bewusst,

doch als sie Dich verlassen hat,

in ihr, obwohl sie's nicht gewusst,

es schon ein neues Leben gab!

Ungeachtet meiner Schwächen,

die Dir das Verderben brachten,

eines kann ich Dir versprechen:

Auf das Kinde werd' ich achten!

Die Schwangerschaft ist nun vorbei;

dem Kind geb' ich von Dir `nen Kuss;

mein Beistand wird jetzt einwandfrei;

ich bin jetzt sein Homunkulus!

Bürohorror

Gehört

   hab' ich den Chef heut' früh.

Gestört

   hat er so bald noch nie.

Arbeit

   hatte er für mich.

Klarheit

   wollte er für sich.

Lange

   hab' ich mich beschäftigt.

Bange

   wurd's mir, sehr verdächtig.

Denn

   ich behalt meist meine Ruh',

wenn

   ich exakt die Arbeit tu'.

Sollte

   heute fertig werden.

Wollte

  jetzt keine Beschwerden.

Die

  Arbeit ich dazwischen presste;

sie

  war so viel, dass ich mich stresste.

Neben

  Alltagsallerlei,

reden

  musst' ich nebenbei,

mit

  Kollegen auch am Gang.

Fit

  bleibt man da nicht sehr lang.

Die

  Leistung war schier überragend.

Wie

  sehnt' ich mich nach Feierabend.

Leer

  der Kopf, der Körper müde,

schwer

    gequält, der Blick ward trübe.

Zur

    späten Stund' zum Chef ich kam.

„Nur

    heim will ich, falls ich noch kann",

sagte

    ich ihm ganz schön frech,

wagte

    es, und hatte Pech:

Er

    schlug drauf noch mehr Stunden vor.

Der

    tägliche Bürohorror.

Der Nephilim

Er schüchtert ein die ganzen Leut',

durch Stärke und Boshaftigkeit.

Er ist groß und schön zugleich,

und auch unermesslich reich.

Er ist Chef vom Unternehmen.

Sonst gibt's gar nichts zu erwähnen.

Doch: Politisch will er nun

was für die Karriere tun.

Auch das er wird ganz einfach schaffen.

Was soll man schon dagegen machen?

Halb Gott ist er schon von beginn,

vermischt gezeugt als Nephilim.

Der Troll

In einem Raum nicht weit entfernt,
da sitzt ein Mann für sich allein.
Er hat bis jetzt nicht viel gelernt.
Ich denk', er könnte einsam sein.

Den Mann nimmt niemand ganz für voll,
denn jeder denkt, er wär' ein Troll.

Liegt es an der dicken Nase,
die sehr einer Kartoffel gleicht?
Wirkt, als wär' sie eine Blase,
die man zum Platzen bringt ganz leicht.

Oder ist's der krumme Buckel,
der vom Rücken weit absteht.
Mehr als nur ein kleiner Huckel.
Ihr kriegt leicht Angst, wenn Ihr ihn seht.

Den Mann nimmt niemand ganz für voll,

denn jeder denkt, er wär' ein Troll.

Der Körper ist's, so kräftig, breit,

und dazu noch sehr gedrungen.

Ich weiß, aus reiner Zärtlichkeit,

hat ihn noch nie jemand umschlungen.

Die Sprache wählt er ziemlich derb,

seine Bewegungen sind grob;

er riecht schon morgens wirklich herb,

für seinen Auftritt gibt's kein Lob.

Den Mann nimmt niemand ganz für voll,

denn jeder denkt, er wär' ein Troll.

Unzuverlässig ist er stets,

will aber dabei niemand schaden.

Fragt jeden, den er trifft: „Wie geht's?"

Keiner jemals ihn wird fragen.

Ob Stein, Brücken oder Höhlentroll,

niemand kann mir das erklären,

warum der Mann sowas sein soll.

Damit lässt man sie gewähren?

Den Mann nimmt niemand ganz für voll,

denn jeder denkt, er wär' ein Troll.

Ich denk', er kann ja nichts dafür,

darum will ich mit ihm reden,

und klopfe heut' an seine Tür,

ohne der Kollegen Segen.

Da ist ein Zettel, auf dem steht,

dass der Troll gestern verstorben.

Mir wird jetzt klar, dass ich zu spät

hab' um seine Gunst geworben.

Den Mann nahm niemand ganz für voll,

denn jeder dacht', er war ein Troll.

Die Hexe und ihr Wichtel

Ein Wichtel ist ein kleiner Mann,
der viel Gutes machen kann.
So zumindest sagt's die Sage,
doch sind sie oft auch eine Plage.
Wie hier zu hör'n in meinem Fall;
da ist die Sage Rauch und Schall.

Los ging es, als man ersetzte,
den Chef durch eine Vorgesetzte.
Sie wollt' das Vorzimmer nicht mehr,
und wechselte den Sekretär.
Ihr Gehilfe nannt' sich Klaus;
sie gab Befehl – er führte aus.

Zur Chefin gab's keinen Kontakt,

der Klaus nahm an sich jeden Akt,

und hielt uns alle von ihr fern.

Dem Grinsen nach, tat er es gern.

Und so wie die Dinge lagen,

müssten wir das lang ertragen.

Gab's bei der Arbeit Unklarheiten,

den Klaus man rief – wenn's geht beizeiten.

Für'n Urlaub `ne Genehmigung?

Auch da kam man nicht um ihn rum.

Kurz: Was man von der Chefin wollte,

sich immer Klaus drum kümmern sollte.

Vereint wurd' also in Person

jede Kommunikation.

Antworten sollten wir kriegen,

von ihm für unsere Anliegen,

denn er sah es als Verpflichtung,

zu informier'n in jede Richtung.

Das bedeutete natürlich –
und er machte das ausführlich –
dass er Befehle weitergab,
die er bekam vom Führungsstab.
Die Einhaltung er überwachte,
und das nicht gerade sachte.

Ach, was hat er uns gequält!
Das ist so schnell gar nicht erzählt!
Mit Aufgaben, Terminen, Dingen,
die für die Arbeit gar nichts bringen.
Kaum gemacht, sind sie hinfällig.
Hauptsache, man ist gefällig.

Er machte Druck – mir schnürt's die Kehle –
wenn er gab an uns Befehle,
an allen hier vorhand'nen Orten,
stets begleitet mit den Worten:
„Alles, was ich jetzt werd' sagen,
 wurd' von der Chefin aufgetragen!"

Jetzt war der Klaus kleiner Statur,

auf seinem Kopf drei Haare nur.

Trotzdem ging er, meist eitel lächelnd,

selbstherrlich, die Augen stechend,

die Nase spitz und ziemlich lang,

auf und ab den dunklen Gang.

Nimmt man jetzt sein Ausseh'n her,

und das Verhalten noch viel mehr,

die Treue und Ergebenheit,

die er bei seiner Chefin zeigt,

bezieht man all die Sachen ein,

konnt' er durchaus ein Wichtel sein.

Gute Taten, ich weiß es noch,

liegen in seiner Natur, jedoch:

Des Wichtels Wesen ist komplex,

und bös' wird er, dient er `ner Hex'!

War Klaus ein Wichtel, war es klar,

die Chefin seine Hexe war!

Ich war davon sehr überzeugt,
dass er sich ihrem Willen beugt.
Zu prüfen war die Theorie,
sonst blieb es ewig Phantasie.
Dazu musst' ich sie mal sehen,
und in ihr Büro reingehen.

Bei Tage war das nicht zu machen,
denn Klaus hörte nie auf zu wachen.
Und selbst bei Nacht war es nicht leicht,
weil vorm Büro schlief er recht seicht.
An Klaus, da kam man nicht vorbei;
er nahm sich einfach niemals frei.

Auch stets die Chefin war im Haus,
und werkte hier tagein, tagaus.
Wenn's mir also würd' gelingen,
des Nachts ins Zimmer einzudringen,
könnt' ich leicht sie überraschen,
und einen kurzen Blick erhaschen.

Hab' viele Nächte ich gewacht,

und mit Warten zugebracht,

bis sich ergab Gelegenheit,

hineinzugehen ohne Streit.

Durch Zufall konnt' ich reingelangen,

denn Klaus war kurz aufs Klo gegangen.

Betrat das Zimmer übernächtig,

und mir ging's nicht wirklich prächtig.

Als ich sie sah, da dacht' ich schon,

es wär' 'ne Halluzination!

Jedenfalls war ich perplex:

Sie war tatsächlich eine Hex'!

Dunkel war's und voll von Rauch,

wie es bei Hexen halt so brauch.

Duftlampe oder ein Kessel,

erkannte nichts, bis auf den Sessel,

auf dem die alte Hexe saß,

mit einem Buch, in dem sie las.

Ein Muttermal unter der Nase,

die Schneidezähne wie ein Hase,

die Augen klein, mit trübem Blick,

die Ohr'n zu groß, vielleicht ein Stück,

die Haare war'n zerzaust und grau,

kurzum: Sie war keine schöne Frau.

Vielleicht war ich nicht ganz gesund,

oder Müdigkeit der Grund,

dass ich sie nicht als Frau erkannte,

und sie eine Hexe nannte.

Sie fragte noch: „Geht's Dir nicht gut?",

als ich sie einfach niederschlug.

So schnell konnt' sie nicht reagieren,

und musst' daher den Kampf verlieren.

Ich wollte schlimmeres verhindern,

und sie beim Zaubern schnell behindern,

denn vom Anfang an war's sonnenklar,

sie las ein Buch, das magisch war.

Am Boden lag die böse Hex'.

Ich prüfte noch ihren Reflex.

Von ihr gab's keine Reaktion,

als Folge meiner Aggression.

Doch durft' ich keine Zeit verschwenden,

denn mit dem Schlag würd' es nicht enden.

Dabei hat' ich noch sehr viel Glück,

denn Klaus kam nicht so schnell zurück,

vom Besuch auf der Toilette,

wie ich es erwartet hätte.

So blieb mir noch genügend Zeit,

dass ich den Schlusspunkt vorbereit'.

Ich sammelte ganz viel Papier,

denn davon gab's genügend hier,

um ein Feuer zu entfachen,

und das Ende so zu machen,

wie ich's vom Mittelalter kannte,

damit die Hex' darin verbrannte.

Ich denk' darüber anders heut',

doch einst nahm ich das Feuerzeug,

und zündete das Zimmer an.

Es dauerte auch gar nicht lang,

da brannte alles lichterloh,

ganz grell und schnell, sodass ich floh.

Ich trat aus dem Büro heraus,

und sah am Gang davor den Klaus.

Wahrscheinlich hat er mich gesehen,

doch er ließ mich einfach gehen.

Ich bin tatsächlich ruhig geblieben,

um die Entdeckung zu verschieben.

Bei ihm würd's erst Verdacht erwecken,

wenn aus der Tür die Flammen lecken;

was kurz darauf ja auch geschah,

und Klaus es selbstverständlich sah.

Er stürmte in das Zimmer rein,

und danach hört' ich ein lautes Schrei'n.

Es hat ihm einen Schock versetzt,

als er sie sah, so schwer verletzt.

Ich hätte alles drauf gewettet,

dass der Wicht die Hexe rettet.

Doch er blieb bei ihr im Zimmer.

Heut' noch hör' ich sein Gewimmer.

Klaus hat an dieser Frau gehangen,

und ist mit ihr von uns gegangen.

Das End' der G'schicht', ganz auf die Schnelle:

Ich sitze hier in einer Zelle,

und bin an diesem düst'ren Ort

wegen Sachbeschädigung und Mord.

Zum Nachdenken hab' ich nun Zeit,

über Hingabe, Verlust und Leid.

Hab' niemals eine Lieb' gekannt,

mit der ich wär' vereint verbrannt.

Verändert hat das meine Sicht,

auf die Hex' und ihren Wicht.

Vampire

Sie sitzen hier mit blasser Haut,
und wollen an uns saugen.
Ihr Vorgehen, das ist wohl vertraut,
doch fehlt es uns an Glauben.

Es fehlen ihre spitzen Zähne,
die sie brauchen, denken wir,
für das Blut aus unsrer Vene,
doch sie sind einfach nicht hier.

Die Sitzung dauert nun schon an,
und meine Kräfte schwinden.
Ich trinke, esse was ich kann,
doch mag ich sie nicht finden.

Die Vampire hier im Zimmer,
sind nicht scharf auf unser Blut.
Wollen Energie für immer,
und das machen sie sehr gut.

Schon bald fühl' ich mich ziemlich schwach,
schwindelig und ausgelaugt.
Kann mich kaum halten richtig wach,
was für die Arbeit gar nicht taugt.

Was kann ich dagegen machen?
Solche Sachen denk' ich mir.
Als ich's weiß, da muss ich lachen:
Ich werd' selbst jetzt zum Vampir.

Gut lebt es sich mit fremder Kraft,
braucht man selbst nichts mehr zu tun.
Doch mit der Zeit wird's grauenhaft,
weil offen ist: Was mach' ich nun?

So viel Energie zum Leben,
viel Arbeit kann ich schaffen.
Bleibt nichts übrig, herzugeben,
muss manches gar noch raffen.

Kommt Energie von ihm, von ihr,
von überall, es ist ein Fluch.
Kein Ausweg daraus zeigt sich mir,
auch wenn standhaft ich ihn such'.

Muss weiter saugen immer fort,
ein Kreislauf ohne Ende.
Die Lösung ist ein andrer Ort;
das Messer hier spricht Bände.

Schonte all die lieben Leute;
Kräfteraub war abgeschafft.
Mein Schicksal, das ich so erbeute:
Zum Sterben hab' ich keine Kraft.

Der Ruf der Mooskuh

Ganz erschrocken glaubt der Bauer,
dass ihm die liebste Kuh abgeht,
und sie nicht auf der Weide steht.
Um Rosi hätt' er große Trauer.

Nun liegt der Hof neben dem Moor,
und Bauer Stanislaus der bangt,
dass Rosi in den Sumpf gerannt,
und in der Kälte dort erfror.

Im Moor gibt es noch mehr Gefahr:
Mancher ist dort schon ertrunken,
oder auch im Schlamm versunken.
S'gibt immer Tote, jedes Jahr.

Stanislaus macht sich deshalb
auf den Weg, die Kuh zu holen.
Läuft darum auf schnellen Sohlen
durch den nebeligen Wald.

Da horcht er auf, mitten im Moor,

fester Boden fehlt zur Gänze,

weit entfernt des Sumpfes Grenze,

weil ein Schrei ihm dringt ans Ohr.

Noch heute würde er es schwören,

dass er zu jeder Zeit erkennt,

wenn eine seiner Kühe flennt,

und das da Rosi war zu hören.

Er wagt sich deshalb weiter rein,

und geht in immer tief'ren Sumpf,

bis er versinkt bis hin zum Rumpf.

Noch immer hört er Rosi schrei'n.

Verzweifelt schlägt er wild um sich;

im Moor ihm aber das nichts bringt,

außer, dass er mehr einsinkt.

Doch Rosi lässt er nicht im Stich.

Die Kuh derweil im Schatten liegt,

beim Bauernhaus, gleich um das Eck.

Dort ist sie ziemlich gut versteckt,

damit der Bulle sie nicht kriegt.

Das weiß jedoch der Bauer nicht.

Glaubt weiterhin, die Rosi schreit.

Er ist zum Sterben nicht bereit,

da ihre Rettung seine Pflicht.

Sich fragt der gute Stanislaus,

bis er umgeben ist von Schlamm,

wie er die Rosi retten kann,

doch vor der Antwort ist es aus.

Auf dem Moor lastet ein Fluch:

Der Sumpf muss seinen Hunger stillen,

und bricht dafür des Bauers Willen,

indem er schickt der Moorkuh Ruf.

Der Mann wird dadurch angelockt,
so wie wir's grad' gelesen haben.
Die Rettung wird der Bauer wagen,
und stirbt er dran, hat er's verbockt.

Die meisten wissen es bestimmt,
dass es die Moorkuh gar nicht gibt,
und man den Ruf nur auf sie schiebt,
sobald die Reiherbalz beginnt.

Warum in der Geschicht' ich schwelge?
Die Moorkuh bringt Bauern verderben,
und lässt die armen Männer sterben.
Ich fürchte jetzt, mir blüht dasselbe.

Denn aus dem Zimmer nebenan
hör' ich den Ruf von meiner Chefin.
Will mich treffen, diese Gräfin,
doch ich vermeid' es, wenn ich kann.

Ich werd' nicht folgen ihrem Ruf;
ich werd' meinen Willen behalten,
lass mich nicht locken von der Alten,
denn Sterben ist nicht mein Beruf!

Ich muss jetzt weg, und das im Nu;
lass von ihr mich nicht mehr linken,
will nicht im Arbeitsschlamm versinken,
sag Tschüss und Ciao zu der Mooskuh!

Fleischfresser

Bettnässer

Moralvergesser

Manmeidetbesser

Lagerfässer

Filetiermesser

Menschenfresser

Die salige Frau

Die Kollegin nächstes Zimmer

        kam schon vor sieben Wochen neu.

Hatte davon keinen Schimmer,

        ich sah sie nie, sie war sehr scheu.

Heute lernte ich sie kennen.

        Ein Grund, warum ich mich jetzt freu.

Nett und hübsch kann man sie nennen,

        zuvorkommend und hilfsbereit.

Nichts wird uns den Tag lang trennen,

        wir arbeiten ab jetzt zu zweit.

Der Chef hat's so für uns bestimmt,

        gab uns die gleiche Tätigkeit.

Zunächst war ich sehr froh gesinnt.

        Ins Thema schulte ich sie ein,

hab' Wissen mit ihr abgestimmt,

        und hab's geschafft, vergnügt zu sein.

Kurz hat's darum auch gedauert,

        da tranken wir den ersten Wein.

Wusste nicht, was auf mich lauert,

       hinter ihrer sonnigen Art.

Dass dahinter etwas kauert,

       versteckt von ihrer Haut so zart.

Denn nach sieben Monat' schon,

       da wurd' es für mich richtig hart:

Ich rief sie an am Telefon,

       doch wollte sie von mir nichts wissen.

Ich dacht', sie hätte Mann und Sohn;

       keine Lust, mich einzumischen.

Doch weit gefehlt, sie war allein,

       nur im Schauspiel sehr gerissen.

Sie wollt' für mich unnahbar sein,

       und hielt mich deshalb ziemlich hin.

Erst lang danach lud sie mich ein,

       ich dacht', sie wär' ein Hauptgewinn.

Am Tage scheu, bei Nacht beherzt;

       indes, das war erst der Beginn.

Ich hätt' es mir ja fast verscherzt,

       weil furchtbar ungeschickt ich war;

doch bald schon war das ausgemerzt:

  Sie war erfahren offenbar;

konnt' so einiges mich lehren.

  Wo das mich hinführt, war mir klar:

Ich begann, sie zu verehren,

  stürzte mich immer weiter rein,

probte nie, mich dem zu wehren,

  lies Liebe einfach Liebe sein.

Dacht' nie, dass da was Schlimm'res folgt,

  für mich war'n die Gefühle rein.

Alles war so, wie es sein sollt':

  Freunde bei Tag, verliebt bei Nacht.

Niemals hätt' ich mehr gewollt.

  Furchtbar, was Liebe aus uns macht.

Konnte ihr nicht mehr entkommen.

  Habe nie darüber nachgedacht,

bis zum Versuche, wegzukommen.

  Doch noch war es nicht soweit,

war von ihr vollends benommen,

  zur Trennung lang noch nicht bereit.

Wurd' immer mehr zum Untertan,

        unbemerkt zum Preis der Freiheit.

Die Chance zum Absprung ich vertan.

        Sie sagte mir: „Ich liebe Dich!"

Ich glaubte es, in meinem Wahn.

        Im Alltag, ja da sieht man sich,

erledigt Arbeit Tag für Tag.

        Nach Feierabend küsst sie mich,

und sagt mir zart, dass sie mich mag.

        Doch schon bald sollt' es geschehen;

ich glaubte, dass es an mir lag.

        Sie wollte nicht mehr mit mir gehen,

trotz meinem Flehen und Werben;

        wollt' mich einfach nicht mehr sehen.

Mir war klar: Ich will nur sterben.

        Ich war ihr total verfallen,

dass konnt' ich nicht verbergen.

        Wochen zeigte sie mir Krallen.

Danach lud sie mich wieder ein.

        Das Spiel schien ihr zu gefallen.

Ich würde nur ihr Opfer sein.

Wie kann ein Mädchen ach so lieb,

so freundlich, fröhlich und so fein,

herzlos spielen mit meinem Trieb.

Einfach war's, mich einzuladen.

Für sie war's wenn ich kam ein Sieg.

Abhängig konnt' ich nur klagen,

gute Miene dazu machen,

und leise Ja und Amen sagen.

Sagt' ich einmal „Nein" würd's krachen,

doch ich musste widerstehen,

trotz dem Druck, Streit zu entfachen,

denn so konnt's nicht weitergehen.

Von nun an, da hielt ich sie hin.

Anfangs konnt' Sie's nicht verstehen.

Für sie ergab es wenig Sinn,

dass ich mich gegen sie wandte.

Sie sagte: „Wir kriegen das hin!"

„Nein, wir sind nur mehr Bekannte",

gab ich zur Antwort ihr darauf;

ihren Zorn ich schon erahnte.

Die Dinge nahmen ihren Lauf:

Sie rief mich lange Zeit nicht an,

und im Büro war sie gut drauf.

Wusst' nicht, ob ich ihr trauen kann.

Doch glaubt' ich schon, ich hätt's geschafft,

und dass die Freiheit jetzt begann.

Frisch entflohen aus ihrer Haft

der Liebe, in der sie mich hielt;

entkommen ganz aus eig'ner Kraft.

Dacht' schon, dass sie nur wieder spielt,

indem sie aushungert die Sucht,

und dann erneut mein Herz mir stiehlt,

damit ich nicht mehr denk an Flucht.

Doch konnt' leicht jetzt ich's durchschauen,

dass sie war verbotene Frucht.

Las ich von den saligen Frauen,

in der entstand'nen Zwischenzeit;

auf das Wissen musst' ich bauen;

zum Angriff war ich nun bereit.

Diese Frauen gab es in Echt;

ich lernte jede Einzelheit.

Sie machen Dich zu ihrem Knecht;

kannst Du ihnen nicht entkommen,

ein Leben lang geht's Dir dann schlecht.

Hat sie erst das Herz genommen,

kommst Du nicht mehr von ihr los.

Sie macht Dich von ihr benommen,

bis sie versetzt den Todesstoß.

Du stirbst an gebroch'nem Herzen,

bist liebeskrank und hoffnungslos.

Sag' ich Dir, ohne zu scherzen:

Lärm was du kannst, wenn sie Dich ruft,

sonst erleidest Du nur Schmerzen.

Mach Lärm, wann immer sie Dich sucht.

Kauf Ratschen, Trommeln oder Glocken,

egal, ob arm Du bist, oder betucht,

sie wird flüchten höchst erschrocken,

will Dich nie mehr wiedersehen,

und Dein Herz, das wird frohlocken,

kannst Du dann Deiner Wege gehen.

Das ist's, was ich gelesen hab'.

Was mir half, es zu verstehen,

was Wissen, Kraft und Mut mir gab.

Musste es einfach versuchen,

bevor ich an dem Kummer starb;

ließ ich's, würd' ich mich verfluchen.

Dann war es wieder mal soweit,

sie wollt' mich des Nachts besuchen.

Doch dieses Mal war ich bereit:

Schlagen, Läuten, Ratschen drehen;

riskierte mit den Nachbarn Streit;

sie konnten ja die Frau nicht sehen,

wie sie sich wand und schmerzvoll schrie.

Ich überhörte all ihr Flehen.

Mir tat es leid, für mich, für sie.

Dann löste sie sich auf in Rauch.

Ende der Todesmelodie...

Ging im Büro die Treppe rauf,

es war am nächsten Tage schon,

ich dachte, sie käm' heute auch,

      doch das war wohl Illusion.

Sie habe gestern schon gekündigt,

      und sich geholt den letzten Lohn.

Hab' ich mich jetzt schwer versündigt?

      Hatte sie es schon gewusst?

Ich such' mein Herz und werde fündig:

      Es wird mir schwer in meiner Brust.

      Für mich ist's unerträglicher Verlust.

Die Perchta

Ach, wie geht's mir schlecht.

Vorbei die gute alte Zeit,
wo sie zur Arbeit noch bereit.
Doch nun der Mensch ist arbeitsscheu,
worüber ich mich gar nicht freu'.

Hab' jetzt furchtbar viel zu tun,
und ernte weder Lob noch Ruhm,
denn die Menschen ich bestrafe,
sind sie faul und träg' wie Schafe.

Ach, wie ich das gerne möcht'.

Seh' ich, dass er gen Himmel schaut,
und liegt auf seiner faulen Haut,
ich ihn mit den Krallen ritze,
ihm kurzum den Bauch aufschlitze.

Fülle ihn danach mit Steinen,

packe ihn an seinen Beinen,

und werf' ihn in den Brunnen rein;

von unten hör' ich ihn noch schrei'n.

Ach, diese Strafe war gerecht.

Ja, die schöne Zeit von früher,

die ist jetzt lange schon vorüber,

wo ich Erzähltes machen konnt',

und niemand blieb von mir verschont.

Mit meinem Atem konnt' ich blenden,

ihn zum Töten ich verwenden.

Doch nunmehr ist das einerlei,

denn wie gesagt, das ist vorbei.

Ach, das ist mir gar nicht recht.

Die Menschen heut', die sind modern,

und wollen nichts mehr von mir hör'n.

Die Aufklärung und Wissenschaft

sie leider phantasielos macht.

Meine Magie, die ist beschränkt,

solange keiner an mich denkt.

Wenn sie nicht mehr an mich glauben,

kann ich ihren Schlaf nur rauben.

Ach, wie bin ich doch geschwächt.

Doch weiß ich, wie die faulen Säcke,

ich trotzdem bring' ganz leicht zur Strecke:

Denn vor Wut werden sie schäumen,

wenn sie von der Arbeit träumen!

Wenn ich dann seh', wie sie sich winden,

und Nachtens keine Ruhe finden,

vom Unerledigten verfolgt,

dann ist das so von mir gewollt.

Ach, dann ist meine Freude echt!

Erinnerungen eines vergessenen Mädchens

Erinnerungen an eine Kindheit zwischen Vernachlässigung und Missbrauch. Paula Baumann erzählt ihre Vergangenheit in diesem sehr persönlichen Buch eindringlich, offen und ungeschönt. Es ist die Aufarbeitung ihres Schicksals, das sie auch heute noch, vierzig Jahre später, nicht zur Ruhe kommen lässt.

Riccardo Rilli verarbeitet die ursprünglich tagebuchähnlichen Aufzeichnungen zu einer mitreißenden Erzählung über ihre tragischen Erlebnisse, und wie diese bis in die Gegenwart hineinwirken.

Erschienen im tredition-Verlag unter den ISBN:

Paperback: 978-3-7345-8776-4

e-Book: 978-3-7345-8778-8

Der Kugelschreiber – Eine klassische Heldenreise

Einem ängstlichen Beamten fehlt der dringend benötigte Kugelschreiber, um eine wichtige Botschaft zu notieren. Er begibt sich auf die Suche und findet nicht nur einen Stift, sondern auch ein neues Leben.

Lesen Sie die ungewöhnlich interpretierten zwölf Abschnitte der klassischen Heldenreise nach Joseph Campbell (1904-1987) und erleben Sie, wie ein einfaches Schreibgerät die Welt eines Menschen verändern kann.

Erschienen um tredition-Verlag unter den ISBN:

Paperback: 978-3-7345-5826-9

Hardcover: 978-3-7345-5827-6

e-Book: 978-3-7380-2404-3

Über den Autor:

Riccardo Rilli, 1973 in Wien geboren, widmet sich neben der Schriftstellerei auch der Malerei. Im Brotberuf arbeitet er als Vertragsbediensteter im Bundesdienst. Rilli ist Mitglied der IG-Autoren und hat bisher vier Bücher veröffentlicht. Nähere Informationen dazu auf www.rilli.at.

MIX

Papier | Fördert
gute Waldnutzung

FSC® C083411

Zeittracht Medien GmbH
Ferdinand-Jühlke-Straße 7
99095 Erfurt, Deutschland
produktsicherheit@kolibri360.de